最果タヒ

恋人たちは せーので光る

リトルモア

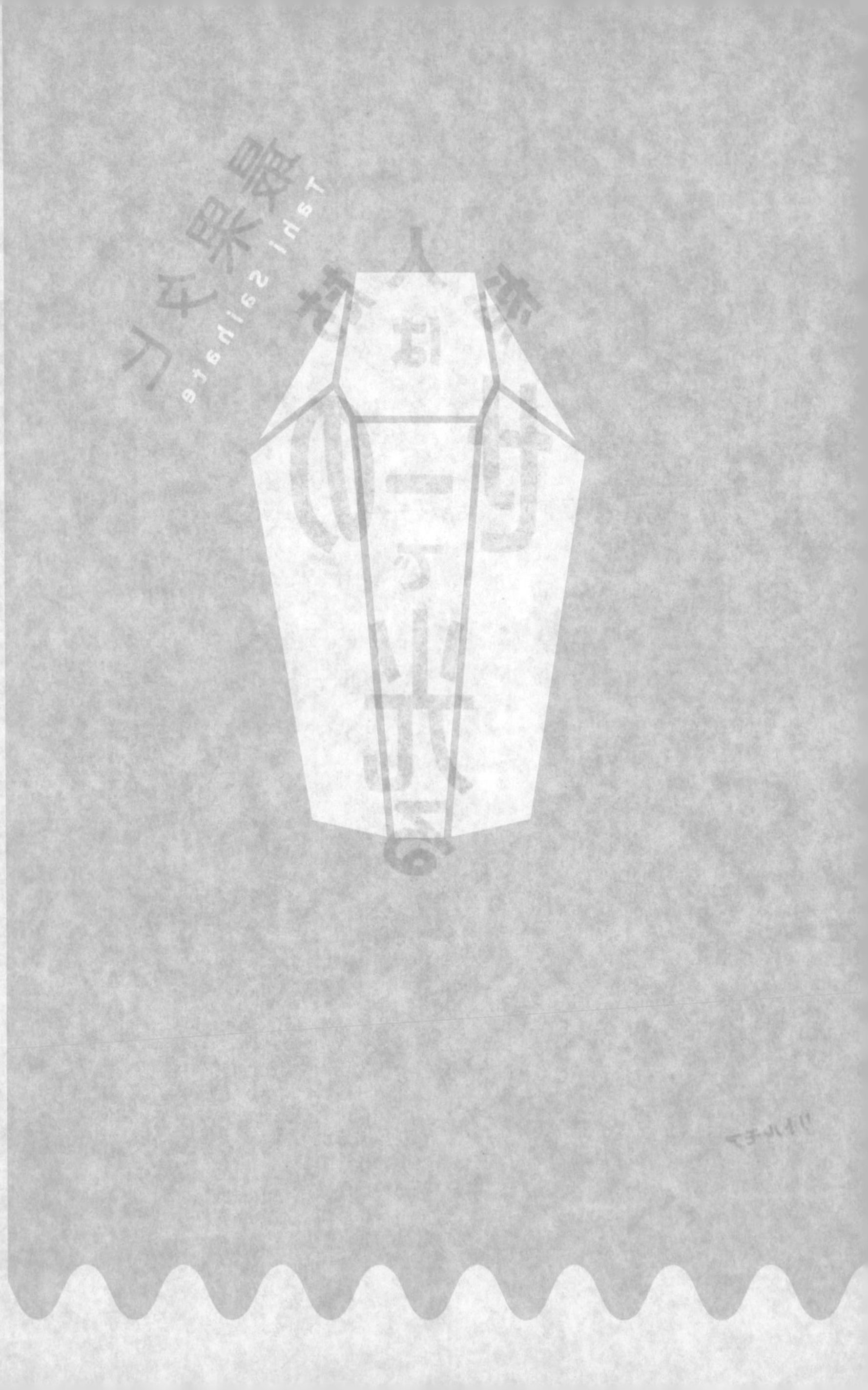

CONTENTS

恋人たちは
せーので
光る

人を傷つけるとき、ぼくにはどうしようもなく美しくなる部分が心にあって、嫌いにはなれない。言葉は人を殺せるし（当たり前だ）、呼吸も、影も存在も人を殺すことができる。それを、鈍くしてはいけない、木の鞘におさめるようにそっと、ぼくはそれらを肉体で包んで、慎重に生きるだけだ。誠実や、愛と呼ぶな、これは低く呻くように続くぼくの怒りとして、祈りとして、震えている。だれも、だれかを傷つけずに、生きていてくれ。

果物ナイフの詩

座礁船の詩

ぼくがきみを好きだとしても、きみにそれは関係がない。割れてしまったガラスは以前より光を反射するから、本当は境界線などなくしてただキラキラとするべきだった。誰かに、恋をするべきだった。満ち潮のとき、ひとはたくさん生まれるらしい。本能に従っていれば、ぼくは程々の優しさを、そなえていることがわかる。それが恐ろしくて、みんな、恋をして家族を持つんだが、ぼくは一人きりで生きて、神様になろうかと思っている。

恋人たち

誰でもないよね。

抱き合って、語り合う二人の顔は、そのときさっと消え失せて、誰でもなくなる、そうやって、愛は成立していくのだと、遠くから見ている、私は知っている。彼らだけが彼らの顔をつよくつよく記憶して、まぶたをつよく、閉じる、その力で、光りだすこと。私だけが見ていた。ほんとうは、彼ら以外のすべてのひとが、見ていた。愛ということばが生まれてから、それらのまぶしさは信仰の対象となり、彼らは余計に孤独となった。本当はただ、顔が消えただけだ、愛し合うことで、誰でもない人間となる瞬間が生じたというだけ。誰を傷つけても今のきみなら、無実だぜ。

うつくしい心などどこにもないけれど、
ただ満ちていく浜辺がある、冬の、交差点。

決壊

ぼくのうまれたまちは、水に沈んでしまいました。
りんりんと鈴がなり、友達が友達と手をつないで
ぼくの家まで迎えにくる。
そうすると海がひらけていくように、
朝がやってくるんです。
水の中ではその音が、まだ鳴っている気がするし、
ぼく以外はみんなまだ、
あそこに暮らしている気がします。

バターを塗るように大人になったのに、溶けてい
くと途端に、世間が恨めしくなってしまう。あの
子もあの子もりっぱな人になったのに、きみは、
と雨にさえ言われる気がして、平成をそっと切る、
ちいさな思い出にすると、あっという間に溶けま
すね、平成をそっと切る、私たちが語るたびに、
過去が古くなっていくことに、気づいていますか。

離れていく船があり、それに手を振るぼくは、ぼ
くのほうが小さくなっていくことに気づいていた。

夕日だって沈んでいくのに、船が見えなくなるのは不安だ。だれもが同じ時代にいると信じたくて、だれも置き去りになどしていないと信じたくて、だれも、未来に行くなと呪っている。

きみもぼくもいま消えて、
あらたな時代が空っぽのまま、
このまちに降りてくる。
そのころ、ぼくは死んでしまったひとのこころが、
ちいさな鈴のように、つぎの時代のなかへと、
はいっていくのを見つめていた。

永遠を観測することができるのが、
人類の特権であると思うのです。

そう信じながら平気でいる、短命、すべてが短命だ。
どこまで死を呪えば、愛を証明できるのだろう。

人にうまれて

わたしはわたしであることを、本当は生まれる前から知っていて、木の葉であるころも、雌鶏の瞳であるころも、ずっと不安でならなかった、いつわたしはわたしとして、ひととして生まれるのだろうと、訝しがりながら春という水に潜水していく、生きるとは耐えることで、次を待つことだった、次の生を待つことだった。わたしのつまさきの細胞が、いまは待っているのかもしれない、死んでしまったらどうすべきなのか、もうわたしにはわからない、あなたもわからないでしょう、さまようような瞳をして、時を直進する植物のなかを切り開く、わたしたちが生きているとしたら、それは大きな誤解であるはず。もうとっくにすべてを失い、だから季節が美しく見える。

友達について教えてほしい。友達はいつも迷子になって、私から離れて消えてしまうし。未来のことを考えましょうと先生は言うけれど、本当はみんな銃口を突きつけられている。カサブタを剥がしてみる、そういうときほど。赤い血がでて、痛みもあるけれど、でも次の瞬間死ぬかもしれないと思うと、もったいなくおもった、せっかく痛いのに、せっかく血がでているのに、もったいないなあ。幸せになることも血まみれになることだ、そう知ったところで、わたし、幸せになりたい。

森

光りながらしんでいけたら、魚もしあわせだし、ねこもしあわせだし、女の子もしあわせかもしれない、しにぎわ、走って、光がすじになり酸素のうえにのこるから、なにを書こう、名前？　成績？　うえのほうから湿った空気がちりちりとこおりついていくのをかんじていた。だからね、「あした雨が降るよ」それを書いて、力尽きたんだ。天気予報ならきっとだれにだって便利で、だれにも嫌われやしないだろう。翌日にはどうだっていいものに、なってしまうだろうけれど、それはしかたない。だってたかが天気予報。だってたかが人の死だもの。

いつだってどこかで、だれかがしんじゃっているのが日常だ、それがないとたぶん、時間すら進まないんだろう。しぬたびに、時計が動いている。ぼくの期待している明日が来る。そしてまたどこかでだれかがしんじゃうんだろう。

森の木漏れ日をみるとぞっとするね、
いましんだひとたちが光になって集まっているみたいだった、
森の奥にいけば、光だって喜んでもらえるだろうと期待して、
蛍みたいに箱に入れられるんだとしても、
それでもそれがいいんだってみんな言って、
結局だれがだれかわからない。だれがだれかわからないまま、
夜に溶かされ消えていく。

恋の閾値

きみの胸の中にぼくは暮らしている、きみがぼくを
なんとも思わなくても、ぼくはきみの中に暮らして
いる、恋をするとそれぐらいのことが可能になる、
きみはもはやぼくを見つけることもできない、ぼく
がどこにいるのかも知ることができない、ぼくは、
ぼくもまたどこにいるのかわからない、ただ空から

きみの声が聞こえている、雨を浴びるように駆け出して、回りながら手を伸ばせば、その空間が世界であり、そうして、すべてだ、だから生き抜くことができる、ぼくはきみが暮らす時間の中を泳ぐ金魚だ、赤い鱗を、散らすようにうごめく、もはや、きみを求めることなどない、ぼくはいつの間にかこの世にひとり、誰もいない世界で、安寧を手に入れていた。

蚊がいる、ぼくの精神には、羽音が鳴っている、だれにも聞こえないがそれはいつも、近づいたり遠のいたりして、でもずっとそこにいる、それが怒りやさみしさであればよかったのに、ぼくはそいつを殺したい気持ちで、それだけのためにさまよってきた、この部屋の中。この生活の中、人生を。きみが殺したって安心できない、あいつが殺したって安心できない。蚊がいる、ぼくの精神には、いつも羽音が鳴っている。ときどきあれがぼく自身であればよかったのにと思う。けれどそんなことはなく、ぼくが死んでしまった後もこの部屋を回遊し、いつか新たなぼくが生まれ、またここに閉じ込められる、蚊がいる、ぼくの精神には、羽音が鳴っている、だれにも聞こえないがそれはいつも、近づいたり遠のいたりして、でもずっとそこにいる、それが怒りやさみしさであればよかったのに、ぼくはそいつを殺したい気持ちで、それだけのためにさまよってきた、この部屋の中。この生活の中、人生を。きみが、殺したって安心できない、あいつが殺したって安心できない。蚊がいる、ぼくの精神には、いつも羽音が鳴っている。

誠実に女の子

きみの中にある女の子像を殺すために、
あの子たちは女の子を名乗っているよ。
光が飛んできて、どれもこれも綺麗だけれど、
いつかこの地上をすべて燃やすために落ちてくる、
その瞬間もとても綺麗なはず。

知らないうちに、万引きが当たり前なひとたちばかりがまわりにいて、私は正しく生きることにも環境が必要なんだと思い知った。誰もが知っている名前の街にいると、私はちゃんと人類として、生命戦争の兵隊として駆け抜けているような気がする、子供を産むとか、人を助けるとか、発明をするとか、ウサギや猫が一生懸命やっている。この地球で人類はみんな隠居して、

竹の生えた庭の向こう側ですごしている、私たちはずっと昔ちいさなハムスターだったのに、脱走して、いつのまにか大きな夢を見ていた、飼い主だった女の子は、竹の向こう側で、歌ばかり作って、誰も救わないけれど、すくすく伸びて、きっといつか、月にまで届く高さになる。

誠実に女の子をしている、私は女の子ではないから。
私の胸元がある日、ぱっと花開いて、
そうか、私って、動物じゃなかったんだなと気づけたら、
すべてに復讐するつもりだ。
それまでは私、誠実に女の子をしている。
きみに、恋をしてあげる。

ぶしい、人はまぶしい、

族たちが、花のように揺れている、

がその一員ではないからで、

などなくても公園を歩いている、

。

すべては走馬灯。

な命に生まれ変わると、

る、

人はうまれる

すべてを肯定したくなるほど、朝はま
噴水のような公園で、公園のような家
現実のようには思えない、それはぼく
でも、ぼくもまた人間だから、リード
公園のような家族の中を、歩いている
記憶を辿るように朝を迎えて、この先
いつから、死んでしまった者があらた
ひとは思い込んだのだろう。
遡る雨のように、一人だけ生まれてく
未来の果てから、ぼくらに会いに。

8月

夏の供養はナンバーガール。

放置したソーダ、まだシュワシュワしてる。10代のころ、深夜の車道に寝転がって星を見つけて叫んだせいで、まだ私の１％が車道に転がったままでいる。大人って、記憶喪失にならんとなれんのな。消えてく夏に期待したもの、全部外れて全部背負って秋に染まるよ、

赤黄茶色土の色。

4、5、6

美しい棘を研いで、そうしてやわからな筆のように、作り変えて、誰かを撫でている。そんな人が嫌いなんだ。いつだって、また鋭さを取り戻せる、そんな彼女を猫みたいに愛している、そんな人も嫌いなんだ、美しさに、そこまで憧れてなどいなかったのかもしれない。美しい人を見ると、思い知る。正しさに、そこまで憧れてなどいなかったかもしれない。正しい人を見ると、思い知る。この街には、どこに続くかわからないトンネルがある。それは私の瞳であり、耳であり、鼻である。どこかにいけたとしても、穴は穴であることを知っているのは、私だけ。清々しく、人であることを疑うことなく、愛を信じ、この街でまっとうしましょう、まっとうしましょうという態度を、はい。呪います。私は、いつかなんにもない体の中から、私には手に負えない感情がひとつ、こぼれでて、この街に巨大な穴をあけることを、期待している。愛ではなく恐怖であるといい。生命誕生の瞬間、爆発した感情がいまでも背中を押し、求めたり、求められたり。息を、止めてごらん。とても恐ろしい気持ち、とても、やさしくて、愛が吹き飛ぶそんな爆音、１、２、３。

大人になってから、殺したいと思うことがなくなったけど、たぶん、すこしずつ殺す方法を、覚えたからだと思います。花がきれい、朝がきもちいい、そういう私の中に、しまいこまれた殺意は全部、優しさに変換されていく。大人ってどうですか、汚く見えますか？　どれほど美しい自分が過去にいようと、私は今どこよりも静かな場所を、手に入れている。

なつかしいな、きみの頬にぼくのむかしの柔らかさが宿っている気がして、触れたくなる、すこしずつすり減っていくものがあることを知っていて、それでもここで雪を降らしている、きみとぼくの境界線にはいつも雨か光か雪があり、耳を澄ましている、会話でも、触れ合いでもなく、きみもぼくも、雪の結晶が、ひび割れる音を、聴いている。

壁だけが見える、空洞のなかで、手のひらのように壁があり、反響を、くりかえす。そのたびに、ぼくの人生も、きみの人生も、きっと増えていくはずだ、会えないことも、あるだろう、失うことも、あるだろう、そのたび、ぼくは、このたった一つの体を思い出す。世界の地図をかくように。

つめたくてあかるい

寒い日にアイスクリームを食べると、私の指先のそのまた先で、雪の結晶としてわたしの先端が、研ぎ澄まされていくのを感じられる。だれかと、手を合わせているように。

祈る、ということを知らない体が、
恋というものならわかると、ふと言いかけて不安になった。

わたしがわたしでなくなるうちに、わたしは人間らしくなる、わたしは誰かの痛みがやみくもに、悲しくてたまらなくなり、吹雪のなか、ひとりで叫んでいる自分を、昔、置き去りにして、晴れた空の下に出てきたことを思い出した。

恋は冷凍庫の光、
あたたかくもない眩しさが、何かを塗りつぶしたけれど、
誰もそのことについて語らない、
抱きしめられると不気味でならない、
愛を語ることが軽薄に見えない人などどこにもいない、
きみよりわたしはわたしが大切と、確かめることで生まれる恋があるのだと、子供のころは知っていました。誰もが、
きみをとても好きでいるはずだった。
ただひとり溶け損なったわたしは、恋人。

なんどだって死んでいるのに気づかないで、破裂していく感情がまた、ぼくを引き裂いて、この街にきれいな木漏れ日をひろげる、優しく抱きしめると汗があふれて、それでも離れられなくて熱中症になる二人、だからお別れしたくなる、そのとき、すずしい風が二人の肌の隙間にながれて、かれらは泣きそうになった、あんなにも、これだけは確かなものと信じようと語り合ったのに、今では手放そうとしています、

それでも二人とも天寿を全うするだろう、自殺はしない、冬になれば熱々の鍋を食べたくなる、ぼくはときどき、きみたちが嘘をついていないなら、ぼくは沈黙という嘘をついたに違いないと、恐ろしくなる。きみたちが過ちを犯す、そのことを許したぼくはただの通行人だが、ぼくはそれでもここにいるから、きっと、大罪人なのだろう。

死後は、ベールに包まれて、優しい声ばかりを聞いた、生まれ直した方がいいだなんて誰も言わなかったのに、ぼくはまだ求められている気がしていた。あなたではなく、ぼくという体には、まだ別の誰かが宿っているように思えて、そいつに、春を見せるために戻らなくてはいけないと。あとづけのように感情があふれて、ぼくは誰でもいいから誰かに愛されたいと、願ったのです。

甘いものばかり食べていたら、溶けるよ、明るい街。明るい街、というのはその人の名前で、どこが姓でどこが名だなんて、だれも知ったこっちゃない。溶けた日が、もし朝だったら、ベッドの上でよだれを重力に任せながら、カーテンを引き裂いたひかりに、ゆっくりと溶けた自分を乾かしていったら、もうもどってこられない、明るい街は、そう笑ったりする。

背の高さはあなたのほうが高い。見たかんじ、明るい街はヨーグルトだけでカルシウムをとったほどの低さだった。まだなんにも見つからないの？と聞かれたとき、うつむいたままの姿勢であなたはうんと言うけれど、明るい街はそれでも前を向けとは言わない。見つかるまでうつむいていたらいいって。

背の低さになやんでいるよ、本当は、明るい街。でも名前はかえられないし、あなたに、見つかるまでうつむいていたらいいって、言ったんだ明るい街は。本屋に行っていちばんカラフルで、うそくさい色彩を恐竜にのせた図鑑をさがすとき、だれよりも確実にこうふくなんだと、言う明るい街がいる街にあなたはいる。

バス停で待っていると、ぼくのかけらは永遠にあそこでバスを待つことになる気がする。ぼくが暮らした部屋にはすこしずつぼくのかけらがいて、まだ朝食を食べている気がする。耐え切れなくなったひとから、出社する、この街で、ぼくはときどき指の骨を鳴らす。こんなの気持ちとはいえないだろう、嘘かもしれないけど、遠くの流れ星が自分の本体である気がして、ため息みたいに叫びたいとおもった、カジュアルな絶望が流行っている昨今ですが、ぼくはときどきなんにもまだ塗られていない塗り絵のように信号待ちをして、ふと、落とし穴に気づいたら落ちていたみたいに、たのしくなるんです。

恋人がいる、
心臓のなかでそんな名前の誰かが、ずっと踊っていた。
甘味にこそ、三日月みたいな鋭さがほしくて、わたしの細胞はいつまでも、恋に恋をしているのだと思った。チョコレートを食べるあいだ、息が、少しだけ他人のものみたいに色づく。わたしはいつもここから、わたしのいない世界を見ています。同じものをきみに、見てほしいという願いが、どうやれば叶うのか、わからないから恋をした。そのことを忘れるよ、チョコレートが口の中で、溶けるあいだ。

愛などなくても生きていけるということを、知っていました。本当は。それでも、きみがわたしの中に最初からいたように、思ってしまったから。もう。
２月14日が来ている。

でそれぞれの体を、

すこと、

あげる。

ざり合い、

物の頭みたいに星は回る。

約束、友達という言葉は詭弁で、ほんとうは私もきみもただの他人だ、

火星が接近するように今わたしたちは接近している。

この時間を私ときみが忘れても、この星は忘れない、

わたしたちは生ぬるく溶け合い、いのちといのちで撫であって、

肯定も否定もないまま生きていけること、未来に証明できてしまう。

死ぬよ、いつかは。咲かなくても花は、ちゃんと死ぬよ。

プリーツの詩

わたしたちはいつかかならず離れて、遠く
風や波やひとの吐息を切り裂くように泳が
それがあるから安心して、いま友達でいて
廊下には長い髪の毛がいくつも落ちて、混
わたしたちをまとめあげ、一つの大きな生
約束、愛というものが全てだと思わない。

わたしを好きになるまでわたしを好きになるまで星も虫も美しいまま。暴力を研ぎ澄ますように暴力を研ぎ澄ますように好きになるまで星も虫も春も美しいまま。あなたを好きになることは永遠にないけれど、あなたはわたしを好きにならなくてはいけない、この世界で、みじめな気持ちになるならば。

私は日本人です、という一文から始まる落書きは、最終的に英語で終わっている。

僕の連絡帳を知りませんか、小学生は言った、まるで寝ていた人を起こすかのようにわたしをゆれうごかし、わたしはそのせいでタイムトラベルしたさ、見たのは夜のねむっているころのわたし、頬は赤かったよ、それで小学生がまた言うのだ、れんらくちょうをしりませんか、忘れてしまったの？　そうです忘れてしまったの、僕はここにもっていたのにとつぜんうせてしまったの、眠気をこらえて立ち上がるとかれの右手を握り締めて旅に出て行ったのです。いまだに帰ってこない真意はこのあたり。

宇宙船に乗りばりばりとネコがひっかきまわるのを止めているのがわたしのはじめの仕事でしたが運命としては、人類のためにたたかうなにかメガな存在になるのだと自覚していました。しかしまあそれが現実になるとこの長期のたたかいにはすっかり飽きてしまい、ちょっとぐらい滅ぼされてもいいじゃないかと思っている。ジュフ紀ぐらいからやりなおしたらどうですか。そのあいだにちょっとの休憩がもらえたらこれ幸い。

ゆうだち、それはただめんどう。
のち、洗濯物がぬれにぬれてそれで女としてだめだろうと住人が言う夜に、めざしていた星に帰りたくなるのは必然だろうか、見ていたら彼らはつづけさまにしかし死ぬまでぼくらも生き物かはあいまいで、だから死ぬまでハンパということにはなります。だからぼくらはあなたを否定し得ないのだよかったですね、と言っていた。ねむたいのだろうか。ねむたいならねたらいいのに。ぴかっと光る空、かみなりは私の怒りのあらわれ。

本当は好き、大好き、携帯電話がかこかこいう、眠い時代にわたし本当は好き、本当にゲームが好き、大好き、戦いたいわぁゲーム世代だから、戦いたいわぁ、とかなんとかたたみの上で四方に動きまわり、今日も虫のマネ。

いい人と思ってもらえたら、安心して極悪になれる。
地獄地獄地獄も、名付ければ気楽で、
極楽極楽極楽、言われながら茹でられて風呂。
痛みがある人たちの中にいて、痛いふりをして生きている、
気がする、雨の中、傘をさしていると。
私は、本当は女の子でも男の子でもなくて、
いい子なんじゃないのかなあ、
そう思うと息が苦しくて、たぶん心の中で流星群がはじまります。
うつくしいものに、あこがれたけれど、
なりたくはなかったなあ、なりたくはなかった、
壊れてしまって泣くのではなく、完成をして泣いたなら、
もう、泣き止むことはできません。

まぶた

横たわっていると、地平線の形がきこえることがあるんです。二段目のアイスクリームのように地球の表面にぼくは広がり、球面を描く。それでもぼくは生きていて、地球は死んでいるのだということが、とてもつらくおもいます。死んだ人がいるニュースを見たときに、ぼくは明日は雨が降らないでほしいと願っていた、だから、雨は降ってもいいから、すべての人、長生きをしてください。ぼくは絶望をしらず、それをコンプレックスに思い、無意味に、他人を哀れんで、そうして日常に帰っていく、そうして、生きてしまっている。地球が、石が、雨粒が、ほんとうは何をしているのか知ることもできない。死んでいるようにしか見えないものに囲まれて、営みを続けるぼくの頭に神様は住みます。ぼくが、生きるしかできない代わり。

9月

夏が終わり、次に来るのも夏であるのが死後の世界。溶けたアイスが雲に昇って凍りつき、またセブンイレブンに並びます。夕立は逆流、涙はじょうろによって私の心に流し込まれてジップロックの封をする。春夏秋冬過ぎてまた春が来るのも少しは死んでる。ばい菌ありき、死者ありき、春夏秋冬永遠のない町

人生に意味づけをしなければいけないと焦って、都会に住み始めた。削られはじめた鉛筆は尖っても、尖っても、やりきった感じがしなくて、ついに最後まで行ってしまった。死ににいくひとが、満員電車の中にはいる気がする。けれど本当は、たった二人きりのエレベーターにだっているのかもしれない。忘れてしまって私は、押したことのない番号を押してみる。本当はなにもかもが楽器で、私に奏でられたがっている、とわかっているのにやる気にならない。

愛なんてそこらじゅうにあるのに、次の瞬間すべてが自然発火、私は一人残される気がして、言葉が出てこなくなる。それはほんとうに、孤独なのだろうか、それはほんとうに、さみしさなのだろうか、私は、いつもみんなのことを憎んでいる気がした、それでも私は誰にでも優しく、誰も殺さずに、きっと人生を終えるはず。それがなにより怖かった。

最終形

一度着た服をほんとうは、脱ぐことができない。いつまで若いつもりでいるんだと言われて、10代の私がそいつを刺した。私がそれで逮捕されたら、名前は報道されるのか、わからない、何千枚も着てきた制服のスカートが、私の腰をバラのように包んで不自由。人魚姫は人間の足を欲しがった、私は足がめしべとおしべになって、ここで完結したらいいのにと思う。種を残していきたい本能が、憎い人間を刈り取りたいと願うのは普通。掃除、洗濯、人間選別、全部上手にできるのが大人です。

全員、殺すつもりで生まれてきたし、だから誰にもやさしくしなかった、そのころの、生まれたばかりの私がいちばんきっとかわいかった。愛、愛、愛、愛、結構昔に事足りて、本当は傷つかない、嫌われても傷つかない心と体を手に入れている。それでも春が、雲のやわらかいところが、血を流して泣いているから。私はお前を許さない。

約束した

乾いた手のひら、乾いた瞳、
すべてが海を呼んでいる。
ぼくのかけらが飛び交いながら、風は、
透明なつもりでいる、ぼくは生きている、
生きていることに少しも疑いがなかったころ、
いくらでも一人でいられる気がしたし、呼べば誰かがやってくる気がしていた、ぼくの手のひらが熱くなる、海水に触れて、生き返るように、誰かの体温をもらったように、そうして眠たくなるのだ、そうして赤ん坊に帰っていく、ぼくの体の内側にまだ、まるまっている、ちいさな子。きみが呼ぶならぼくは、いつでも戻るよと、約束をした、雨の中、粒子のすべてがぼくの過去の瞳である気もした、ぼくは声をちいさく発しながら、息を吐く、いるよ、ここにいることを、ぼく以外の誰が、証明できるだろう、笑いながら駆けていくぼくも、泣いているぼくも、他人にしか思えないが、ぼくはすべての自分がこのまま消え失せて、ちいさな胸の中にいる子どもに、孤独を与えて、安心させたい。

ここに、大人なんていないよ。

少年時代

機械のことを笑わないでください、機械だってがんばって生きているのです、お皿を割らないでください、お皿だって生きているのです、ひとりだけ殺さないでください、そのひとだってほうっておけば勝手に死ぬのです。

お休みの日は火が走り、馬車が走り、子供が走り、玄関のすぐ向こうで、騒がしい流水がおきている。ぼくのあたまが扉に張り付いて、それに聞き耳をたてているあいだ、郵便受けから落ちてきた手紙や新聞を、同時にひらいてみてもいるのだ、あの人が死んで、あの人のところでひとり生まれて、あのひとがごはんに誘ってくれている、ところで扉の向こうで人が走ると、その人のかわりにぼくが数秒だけ長生きをする気がする、なにもしないで動かないでいれば、たぶんしぬこともないだろう、走るひとはしのうとも。だからぼくはここから離れない、すぐそばで走りすぎるすべてのものから、零れ落ちる寿命を食べて、バラのにおいや雨のにおいや、風の残り火に頬をなでられて、足にだけかする日差しをながめ、長生きをする。

遠心力の詩

月はぼくらの扁桃腺。
声が通っていく、この地平線に。大地と空のはざまに。
沈黙すればするほど、ぼくの声は大きくなって、
あなたを、ねじ伏せようとする。
花柄の服をきた女の子とすれ違って、夏も見納めだと思った。
秋にはきっと思い出すこともない。
愛などないままますべてを守りたいし、
全員黙っていろよと呪いながら、人のすべてを肯定したい。
そんなぼくを好きになる人たちがいる、
そんなぼくが、だれよりこの星には、
都合がいいと知っている。

秋分の詩

秋って生易しい、と思うころ、乗りうつってくるゆらゆら帝国。あー、ぼくたちは、昔走り抜けたっけ、家の前のアスファルトは無限のふりをして地平線に接続している。だからぼくたちは、走り抜けたっけ、証明しようとしたんだ、世界が本物かどうかなんて意味のないことだった、ぼくたちの足がまず偽物だった、それでも、幽霊だねってことにできない季節だった、ぼくたちは、友達になることで、互いをまだ生きているってことに、したんだっけ、透明になってしまっても、走っていれば残像だってことにできるから、走り抜けたんだ、子供時代、純粋な時代、なんて、どこにもなかった、あのころから、きっと今のぼくだった。

歯ときみ

短絡的な世界が転がり落ちていくように、
季節を変えて、いつかぼくは生まれてもいなかったことに
なるのだと、腑に落ちた、夜も朝も来たのにぼくはどちら
にも溶けていかず、異物でしかない。ここが誰かの胃袋で
あるなら、ぼくになんの価値もないことを証明しながら生
き延びることになるだろうし、いつも未来は明るく見える、
いつかここから這い出して、今度はぼくがきみを食べたい。

なまぬるくなる冬をおよいで平然としているけれど、
いつか洋服もAir Podsも溶け落ちて、みんな裸に、
静かになるから、どうせならそのまま骨になりたい、
それが意地ってものだよ、愛より火が、
真実として揺れている。
ぼくを憐れみたいひとのため、沈黙をして、死んでおく。

まなざしで、触れることを知っている人。

美しさをどうやって愛すればいいのかわからないまま、わたしは愛にばかり詳しくなった、朝の光に体を溶かして、すべてが消えていくような、そんなさみしさを恐れて、夜の中にとじこもる。触れることなど必要ではない、ぼくらには瞳があるのだからと、花を愛でる人がいて、朝を愛でる人がいて、その声に、耳を澄ませている。遠くの国で、降る雨の音、一瞬、きこえた、わたしの瞳は、窓に吸い込まれていく、朝の光が、わたしの涙に溶け込むように、ゆらめいていた。

好きって言える可能性だけが減っていくように、また朝がくる。
寿命が無限だと思い込めるから海や山を見るのが、ひとは好きだ。
何にも得られなくていいよ、
お金をたくさん使って命をすり減らして傷ついて、
何にも得られなくていいよって、揺れているススキのような友達が、
すてきにみえて多分ぼくはもうだめ。人としての理性を見失っている。

そこから、青春がスタートです。
発射した銃弾、こめかみにたどり着くまで70年。
恋愛しましょ。

わたしの愛が破裂をするひ、
それでもそれらの破片はひとつも、わたしの肌をやぶらずに、
外へ行きやしないという、そのことをくり返し思い起こして、
奮い立たせている、まだまだ愛さなければいけない、まだすべては続いている、終わることはないと、奮い立たせている、

信号の色は変わり続ける、
いつか赤一色になれるはずと信じている、道、信号機、
そんなことになれば不便ですからねとなだめて、
わたしもまたなだめられた、

続けなければいけない、愛は続けなければならない、何かを、
終わらせる力などないそれを、生みつづけなければならない、
それはとても生きることに似ていて、結局ひとは安心をする
のだと、きみにだけはわたしは言わない。

愛さない

距離感

巨大な鉄球が飛んで来るみたいに、わたしは昔のことを思い出し、そうしてこれから弁解のために生きていくのだと思い知る、ちぎった花びらの数だけ、きみの爪は割れるだろう、その関連性には気づかないまま、人生を終えるだろう、自分の体が土に埋められ、そこにどんな花が咲くか、そんなことを気にしない人だから、それでもいい。獣たちはそのことばかり気にして、生きているのに。

パーソナルスペースに、誰も入ってきてほしくない。パーソナルスペースの幅は、死んだとき体から生えてくる植物の、土から花までの高さと、一致する。わたしは、花束になる、（死んだらね）、けれど、誰にもそれを贈ることはない、わたしがいなくなった町に、わたしは何の未練もなく、でも、花束になるの、（死んだらね）、ちいさな子供がそのまわりでボール遊びをするはず。

公園ができるの。

わたしの名前はずっと昔、別のだれかの名前だった。わたしの炭素化合物はずっと昔、別のだれかの炭素化合物だった。わたしの恋人はずっと昔、別のだれかの恋人だった。そのことを死んだあとに知り、灰から雪になっていくわたしは、もはやこの世に花の香りだけ、残ることを知りました。

赤

内臓を手のひらで引きずり出して、
空に掲げるように夏を迎える人間の、匂いが充満している東日本。
こちらは夢がありますからと、天気だけが明日を見ている。
ひとの悲しみに便乗して怒ることがいちばん楽だ、楽しいことが
そんなにない人生をスルメみたいに食べて生きて、満たされてし
まうのが人類だと、やっとわかった。ぼくは、ぼくの生きるつも
りもなかった明日を、迎える赤ん坊に戸惑ってしまう。
時間にすら置き去りにされることが結構あるよ、
未来などない中をぐるぐる回って生きることもあるよ、
その瞳が見ているのが8割ぐらい前世であればいいな、
人を、好きになる理由はそんなになくていい、
人生を愛せないから他人を愛してしまうんだ。

周囲を溶かしながら墜ちていく夕陽をよく見ると、あるはずもない自分の心臓がその奥で殴られているみたいに、ばくばくと蠢いている。ぼくはとっさに自分の右手を左手で止めて、けれど、その姿は夜になるまでずっと続いていた。殴っていたのは誰だろう、殴られなくちゃ生きていけないだけなのだと、言われて許すしかない、この肉体に、ぼくは死ぬまでありがとうと叫ぶしかない。

こういう地獄、ありそう、とキウイを切るたび思います。夏夏、

無限、無限螺旋階段、消えていったひとの気配がする、

気づいたらぼくだって、入道雲になっているかもしれない、

恐怖や寂寥はたいした問題ではなく、

まあ、いいや、とくりかえし言えることこそがぼくの心の課題なんだ。

どこへ続いていくかわからなくても生きていくだろう、
いつのまにか、身体に優しいひとになり、
こころは椅子に置いたまま、草原のある町まで来てしまっていた。
花は美しいね、生きていたらなんだって、美しいね。
いつか、空を占める花火の束に、ぼくはこころすべてが灼かれる予定。

果物の詩

7月

少女という言葉を、何度使えば老いますか。
マスカラ重ねていつか目を縫い付ける夢、
とんでいく飛行機に鈍感になり、
蝉の死体が怖くなる、
悪口が大したことではないと思うようになるころ、
わたしたちは美しいと言われることに、
なんの喜びも感じなくなっていた。
そうして次の段階へ。
愛を求める段階へ。

氷河期

百年後、すべてが凍ってしまって、
わたしひとり生き残った後の、ひどい気持ちを、
今、抱いていたいと思う。
人通りがいつだって多い、地下道で、わたしは立ち止まっている。
ここで、わたしはそんな気持ちを守っていたい。
どうしてみんな死んでしまったの、わたしをおいて。
満員電車に揺られながら、泣いていたかった。
わたしは、誰とも友達でないから、
誰とも恋人でないから、誰のことも殺せてしまうのだ、
記憶の中で。

春の光が、まだ冷たさに競り負けて、
ぱらぱらと上空で砕けていくのが見える。
どうしても、愛は愛として成立してしまう。
歪んだ世界でも、歪んだ愛が、
まるで垂直な雨のように、降り注いでいる。

そんな、うつくしい偽りがあるんだと知っているから、
もう誰のことも愛しているよ。

恵まれた人だけが、正しくいられる。
雨が降るあいだ、体の中にある、小さな金属片が錆びていく。
ぼくは「正しくいてね」と言いたい、言いたい、言い尽くして、
すべてを燃やして、何もかもが正しくなれば、
完全な正しさの子供たちが生まれると、信じている。
そうしてそれまでに生きていた大人たちはみんな追い出されていくだろう。
太陽の光が注がれて、子供たちは青い竹のようにまっすぐに伸びて、
だれも何も言わなくなる、ずっと、早朝みたいに静かだ。
その中に、棺に入ったぼくらは帰ってくる。
宇宙飛行士みたいに。

0時の水

わたしは、わたしの喉奥から、
背骨の鳴く声を聞く、
クジラもイルカもセイウチも、
わたしと同じ生き物であると、
骨の芯が知っていて、語り合える、
本当は、わたしも海を泳いでいるし、
光の筋をひろいながら、夜の音を聞くことができる、そう思いながら深夜のコンビニから、外の景色を見つめていると、光が、生き物のよう。わたしとコミュニケーションなど取ることのできない生き物のように、通り過ぎていく。わたしはしらない、この星のほとんどの生き物はわたしの考えていることを、知ることができないのだということを。わたしが読んでいる本、わたしが食べているもの、何一つ理解ができなくて、彼らがもし、わたしを好きなら、とほうもない孤独に襲われているということを。

かわいそうと思う。
そう思えた途端に、明日が頭上に降りてくる。

あとがき

　ひとりだと感じるとき、それは誰もいない原野でひとりぼっちだと、感じるようなことではなくて、自分以外のすべての人が自分を嫌悪していると感じるようなこと。世界から忘れ去られているように感じる、夜の時間、関係のない人たちが酔っ払って笑いあっている声が窓から聞こえる、インターネット、朝の子供達の通学風景。ひとりきりだ、誰とも関係がなくて、それなのにどうして、世界を恨んでしまいそうになるのか、傲慢だと思うし、それが自分の本性ならば、世界から無視されて当然だと思っていた。

　でも、さみしさはどれほど瞳を染めても、世界を消し去りはしない、すべてが見えなくなるならまだ、よかったのか、自分と、自分以外に、世界を分断し、すべての幸福が、見せつけられていると感じる、そうした時間ほど、ぼくは孤独と呼びたい。

幸福であろうが、さみしさを忘れる瞬間があろうが、それぞれの人は、みなひとりきりの体で、ひとりきりの時間を生きている。「みんな」なんていない、「世界」なんて言葉で呼ばれて振り向く人はいない、ぼくは詩を書く、言葉が本当に通じ合うことなんてない、一つの言葉が多くの人の心をつなげ、一つにするなんて、そんなホラーはないだろう。言葉は通じないものだ、人はそれぞれ、これまでの人生、経験、環境を通して、一つ一つの言葉の意味を捉えていて、だから共通の意味なんて一つだって言葉にありはしないんだ。何かを伝えようとしている、何かを見つめようとしている、そうやって思いをはせることはできても、目の前のその人が、本当に言おうとしたことを完全に理解することなんてできない。でもそれが、人を、ひとりきりのままでも息ができるように、無数の人が行き交うこの場所で、息ができるようにしているのかもしれない。誰のものでもない、組織の一部でもない、ただの孤立した存在として、それでも、決してかき消されないように。

ひとりきりでいい、ひとりきりでも、幸せに無縁なわけじゃない、みんな、という言葉に、みんなという言葉が語る幸せに、溶けこもうとなどしなくていい、そうやって、自分がひとりであることを、否定し、傷つける必要なんてない。

あなたのために、なんて図々しいことは言えません。けれどぼくは、「みんなの言葉」ではなく、いつまでも、「ひとりぼっちの言葉」を、書き続けようと決めています。読んでくれたその人、その人が本の前に現れることで、たったひとつの椅子が埋まるように。だからぼくは、あなたに読まれたことを幸福に思います。

初出一覧

果物ナイフの詩	ネット
座礁船の詩	ネット
恋人たち	横浜美術館「最果タヒ　詩の展示」(2019/2/23-2019/3/24)
決壊	西日本新聞　2019/4/26 朝刊（平成をテーマに）
人にうまれて	書き下ろし
あさやけの詩	ネット
森	別冊少年マガジン　2009 年 12 月号掲載作を改稿
恋の閾値	ウェブマガジン　MUNSELL
蚊	書き下ろし
誠実に女の子	装苑　2018 年 11 月号
人はうまれる	書き下ろし
８月	ネット
４、５、６	三田文學　2019 年春季号
日傘の詩	ネット発表作を改題
鉛筆の詩	横浜美術館「最果タヒ　詩の展示」(2019/2/23-2019/3/24)
つめたくてあかるい	ネット
通行人の森	現代詩手帖　2019 年 1 月号
明るい街	書き下ろし（ただし 2010 年の）
関節の詩	ネット
バレンタインの詩	高島屋　2019 アムール・デュ・ショコラ カタログ
プリーツの詩	ネット発表作を改題
琥珀の詩	ネット
超絶っ子	ポエーム TAMA 61 号（2009.4）
残雪の詩	ネット発表作を改稿・改題
まぶた	COZIKI Vol.2（2019.5　古事記をテーマに）
９月	ネット
軌道エレベーターの詩	ネット発表作を改稿
最終形	横浜美術館「最果タヒ　詩の展示」(2019/2/23-2019/3/24)
約束した	書き下ろし
少年時代	現代詩手帖 2011 年 3 月号
遠心力の詩	ネット発表作を改題
秋分の詩	ネット
歯ときみ	書き下ろし
２月の朝の詩	TBS テレビ「ゴロウ・デラックス」2019.02.28（稲垣吾郎さんをテーマに）
踏切の詩	ネット
愛さない	書き下ろし
距離感	COZIKI Vol.2（2019.5　古事記をテーマに）
赤	書き下ろし
果物の詩	ネット
７月	ネット
氷河期	横浜美術館「最果タヒ　詩の展示」(2019/2/23-2019/3/24)
嵐山の詩	横浜美術館「最果タヒ　詩の展示」(2019/2/23-2019/3/24) 発表作を改稿
０時の水	書き下ろし

最果タヒ（さいはて・たひ）

1986年生まれ。2004年よりインターネット上で詩作をはじめ、翌年より「現代詩手帖」の新人作品欄に投稿をはじめる。2006年、現代詩手帖賞を受賞。2007年、詩集『グッドモーニング』を刊行、中原中也賞受賞、2012年に詩集『空が分裂する』。
2014年、詩集『死んでしまう系のぼくらに』刊行以降、詩の新しいムーブメントを席巻、同作で現代詩花椿賞受賞。2016年の詩集『夜空はいつでも最高密度の青色だ』は2017年に映画化され（『映画　夜空はいつでも最高密度の青色だ』石井裕也監督）、話題を呼んだ。2017年『愛の縫い目はここ』、2018年『天国と、とてつもない暇』。小説家としても活躍し、『星か獣になる季節』『少女ABCDEFGHIJKLMN』『十代に共感する奴はみんな嘘つき』など。対談集に『ことばの恐竜』、エッセイ集に『きみの言い訳は最高の芸術』『もぐ∞』。2017年に清川あさみとの共著『千年後の百人一首』で100首の現代語訳をし、2018年案内エッセイ『百人一首という感情』刊行。

恋人たちはせーので光る
2019年9月7日　初版第1刷発行

著者　**最果タヒ**
ブックデザイン　祖父江 慎

発行者　孫　家邦
発行所　株式会社リトルモア
〒151-0051 東京都渋谷区千駄ヶ谷 3-56-6
TEL：03-3401-1042　FAX：03-3401-1052
info@littlemore.co.jp　http://www.littlemore.co.jp
印刷・製本　シナノ印刷株式会社

ISBN978-4-89815-509-7 C0092